I0546830

ÉPHÉMÉRIDES

DES

BIBELOTS DU DIABLE

DE 1863

Par UN MÉDAILLÉ DE SAINTE-HÉLÈNE

(CAMPAGNE DE SAXE 1813)

MOULINS

IMPRIMERIE DE FUDEZ FRÈRES

AUX JARDINS-BAS.

1864

ÉPHÉMÉRIDES

DES BIBELOTS DU DIABLE DE 1863

VINGT-UNIÈME CONTE DROLATIQUE.

Satan vint dire un jour
Aux suppôts de sa cour :
Les démons, que j'avais envoyés sur la terre,
Ont assez mal fait leur devoir ;
Ce fut un feu folliculaire
De l'esprit de chaque pouvoir,
Dont une victoire en démence
Ne fit que passer sur la France. (*)

* * *

Puisque les délégués du Club des Clubs, qui furent envoyés,
le 8 mars 1848, dans toutes les communes de la République,
ne furent d'aucun secours aux agences électorales de la
Révolution du 24 février, pour dissoudre l'alliance des légi-
timistes, unis aux orléanistes, qui simultanément se donnèrent

(*) Voir les délégués des *Contes drolatiques* de 1862.

la main pour rendre en France la république impossible, les
républicains ne tardèrent pas à s'apercevoir que le suffrage
universel commence l'entrain d'une révolution populaire, mais
qu'il constitue difficilement la stabilité d'un gouvernement
démocratique ; car, sans trop le vouloir, la fusion dynastique
des deux branches de la maison des Bourbons, fut la cause
première de la résurrection du parti bonapartiste qui, pour
lui, n'avait à cette époque que la religion du souvenir, mais
qui sut fort habilement profiter des tiraillements des coteries
politiques de l'Assemblée nationale, pour faire passer, par
les fissures du manteau presque royal qui lui fut donné, la
démagogie de la tour de Babel, avec la fusion...... de deux
augustes orphelins.

* *
*

Les ans m'ont rendu sourd ; approchez-vous de moi,
Vampires et démons qui vivez sous ma loi ;
Le centre de l'Asie est le berceau du monde,
Là, vivent des faquirs, la troupe vagabonde ;
    Des bords du Gange au Sénégal,
Ahrimane est resté le principe du mal ;
Aussi l'ai-je nommé mon premier chef de bande
Avec lui, pour danser une autre sarabande.

Ahrimane, dans son essence mythologique, était, chez les
anciens Perses, le principe du mal, de même qu'Ormuzd était
le principe du bien.

Suivant Zoroastre, Ahrimane et Ormuzd étaient frères et
les fils du Temps.

Le pouvoir qui leur fut donné sur la destinée des hommes
devait durer 12,000 ans.

Mais Ormuzd, à cette époque de transition théologique,

devait être le vainqueur du pouvoir d'Ahrimane, et profiter
de sa victoire pour réduire la terre en fusion ; de ce cataclisme
météorologique devait surgir une autre création, qui, sans
aucun mélange de mal, devait assurer à la vie de l'homme
une félicité éternelle.

* *

L'Europe a fait son temps, mes lutins sont usés,
Ce sont de petits saints presque médiatisés ;
Les démons de l'Asie ont bien plus de puissance,
Leur pouvoir est encor fondé sur l'ignorance ;
Astaroth ! va dormir sur un lit de pavots,
Avec toi, je perdrais mes plus chers bibelots.
Je me moque pas mal de ta laide grimace.
Ahrimane, à son tour, dans mon cœur te remplace.
Je te donne congé, va de suite en Orient,
Présenter aux Chinois un visage souriant ;
Vends-leur de l'opium, drogue pour eux divine,
Avec les nids d'oiseaux qu'on mange en Cochinchine.
Profane adorateur du dieu des éléphants,
Ne compte pour tes jours, que des jours triomphants.

En Chine, comme dans le Tonquin, on mange des taupes,
des vers de terre et même des rats. Les peuples voisins de
contrées plus lointaines ont une vénération plus particulière
pour les éléphants blancs, qui n'existent que dans les mon-
tagnes les plus inaccessibles du Thibet.

Ce symbole religieux, dont l'existence est reconnue être
éternelle, habite, dans la ville de Benaretz, le palais de l'In-
carnation, et ses substitués, destinés à lui survivre dans son
immortalité, sont élevés et nourris dans le temple du Laby-

rinthe du dieu des mille dieux, où les prêtres chargés d'en prendre soin ont seuls le droit d'entrer.

A la procession de la fête du dieu des mille dieux, une fois chaque année, Sa Majesté Éléphantine daigne se montrer à ses adorateurs.

Elle est alors promenée sur un char magnifique, arnachée d'une housse de filigrane d'or, brodée de perles et de rubis, environnée d'une foule immense, qui n'ose la contempler que le front prosterné dans la poussière du chemin.

Comme ce jour est concacré à la rémission des péchés, ce n'est pas rare de voir des dévots fanatiques se précipiter sous les roues du char, dans la certitude d'y trouver une mort expiatoire, qui pourra les faire jouir de la béatitude promise aux élus du dieu des mille dieux.

* * *

Ahrimane, je veux qu'avec zèle on me serve ;
Ton pouvoir m'appartient sans aucune réserve.
Comme tous les pays ne se ressemblent pas,
En Europe il te faut marcher d'un autre pas.
Dans les mœurs de sa vie, avant de l'introduire,
Jusqu'au fond de son cœur pénètre pour l'instruire ;
Sans trop nous approcher des profondeurs du ciel,
Prends ton vol, et suis-moi sur le char du soleil.

* * *

Avant que de l'enfer Dieu m'eût donné l'empire,
Le chant des séraphins accompagnait ma lyre ;
Dans ces mondes épars, qui te sont inconnus,
Dieu, de moi, fit longtemps le chef de ses élus ;

Mon orgueil me perdit, les éclairs du tonnerre
M'ont foudroyé, vivant jusqu'au sein de la terre,
Après m'avoir laissé, que le triste pouvoir
Du sort des malheureux, d'enguirlander l'espoir.

Enguirlander est un proverbe russe, qui veut dire qu'on ne doit jamais faire connaître aux puissances de l'Occident la situation politique du cabinet de Saint-Pétersbourg.

A la séance du Sénat, du 16 mars 1863, le prince Napoléon, dans un discours très remarquable, a fait bonne justice de l'enguirlandage de la vieille Moscovie.

Il n'existe que deux moyens de résoudre la question polonaise :

C'est de cesser toute espèce de relations diplomatiques entre les trois puissances et la Russie, ou de lui laisser exterminer une nation tout entière. Dans le temps où nous sommes, et l'ordre de choses actuel où le libéralisme religieux et politique ont triomphé des plus vieilles monarchies, cette extermination est presque impossible.

Depuis le règne de la grande Catherine, jusqu'à la mort de l'empereur Alexandre, on pouvait croire à la transformation de la race mogole dans une assimilation européenne.

Contrairement à cet espoir, depuis l'insurrection de la Pologne, elle s'est montrée plus stationnaire que la Turquie. Rien ne semble lui faire oublier le stigmate de son péché originel ; car c'est avec une férocité et une rage sauvages, qui dépassent en cruautés ce que les Turcs et les Druses ont commis dans le Liban, que les proconsuls de l'Empereur second, avec une soif illimitée de sang et de carnage, se sont fait les dignes chefs des sous-officiers et soldats de la vieille Moscovie, qui n'ont accepté que l'apparence des mœurs de la civilisation européenne.

Au besoin, ils imiteraient Gengis-Khan, qui, pour faire

constater le triomphe de ses conquêtes, avait fait, à Samarcande, construire des tours avec les têtes ensanglantées des prisonniers de guerre qu'en sa présence il faisait chaque jour impitoyablement égorger.

**

L'Asie, où tu vivais, de sectes inondée,
De la métempsycose est encore possédée,
Les âmes des faquirs, des derviches tourneurs
Passent après leur mort dans le corps d'une poule,
Ou bien, sous le couteau des sacrificateurs,
    Leur tête tombe et roule
    De leurs autels ensanglantés
Sur le bois vermoulu de leurs divinités....

Plus de cent sectes religieuses couvrent la surface du centre de l'Asie; toutes sont convaincues des mystères de la transmigration des âmes dans le corps même des plus immondes animaux, où elles doivent subir des transformations avant de retrouver leurs formes naturelles.

Les vengeances des rois, les foudres de la guerre,
N'ont fait que me donner un pouvoir éphémère;
Les bûchers ont flambé, le sang, le fer, le feu,
Longtemps ont cimenté l'arche sainte de Dieu;
Le fanatisme porte une robe moins ample;
Chaque secte à Paris trouve aujourd'hui son temple.

Dans le champ d'asile où s'élèvent les tours de la métropole de Notre-Dame, Paris a maintenant des églises catholiques à profusion.

Ainsi que six prêches ou temples de l'église chrétienne évangélique.

Ensuite une chapelle arménienne voisine de l'église du rit greco-russe.

Enfin, quatre synagogues pour les juifs, administrées par un grand-rabbin.

On est même en train d'y construire une mosquée en faveur des spahis et des turcos de l'Algérie qui sont de l'effectif de la garde impériale.

Plus tard, on y pourra voir des pagodes chinoises, pour les disciples de Confucius, et même des autels de Siva, pour l'édification des faquirs de l'extrême-Orient, et peut-être encore des anabaptistes, dont le prédicateur est ordinairement une vieille quakeresse, qui prend pour temple un coin de rue, et, montée sur une borne qui lui sert de piédestal, au son d'une trompette retentissante, assemble ses co-réligionnaires pour les prévenir qu'elle se trouve illuminée des grâces de l'Esprit saint.

* * *

Mes lutins sont vaincus; je ne veux plus les voir.
J'ai, de vaincre avec toi, presque conçu l'espoir;
D'abord de nouveautés mélange les coutumes,
Les usages, les lois et même les costumes;
Sans cesse contre peuple, et peuple contre rois,
Donne un considérant aux plus étranges lois;
Fais payer triple impôt, pour un oubli funeste,
Au vieux chien du vieillard, seul ami qui lui reste.

En attendant que les gentlemen-riders du Jockey-Club de Paris imitent ceux de Londres, pour faire courir des bouledogues à la place des chevaux, lesquels bouledogues sont alléchés par des morceaux de viande jetés de loin en loin sur

le turf de cet étrange hyppodrome, vendredi dernier, **17 mars
1863**, on a fait au bois de Boulogne une exposition de chiens.

L'assemblée était nombreuse, composée de femmes élégantes,
en hommes des plus excentriques capacités de Paris.

Les exposés, c'est-à-dire les chiens, étaient placés sur des
estrades, où, dans le centre d'un hémicycle, s'élevait une tri-
bune pavoisée des drapeaux des pays de chaque chien.

Un grave académicien, président de l'exposition, est venu
occuper le fauteuil, pour convaincre les plus incrédules que
l'instinct de la race canine surpasse quelquefois l'intelligence
de l'homme.

Son discours terminé, et la décision du jury proclamée, on
n'a pas distribué de couronnes, mais les maîtres des plus
beaux chiens ont reçu, les uns des coupes d'or, d'autres,
moins favorisés, des coupes d'argent, et presque tous les autres
chiens ont obtenu des mentions honorables.

Mais, au bruit assourdissant de la grosse caisse, des fanfares
d'une musique militaire, les lauréats ont répondu par des
aboiements furibonds.

*
* *

Que l'esprit plus méchant d'une autre invention
Augmente les effets de la destruction,
En donnant plus de tir aux engins de la guerre,
Fait périr d'un seul coup une cohorte entière....

Le célèbre canon Armestrong, de quatorze pieds de long, qui
se charge avec 50 livres de poudre, dont le boulet perce des
plaques de fonte à la distance de cent quatre-vingts mètres,
ne satisfait pas la jalousie de l'Angleterre, puisqu'il a été sur-
passé par le canon rayé français, qui dépasse de bien loin
leur canon Armestrong; puisqu'il perce des plaques de douze
centimètres d'épaisseur à la distance de 1,000 mètres.

Ces redoutables armes de précision peuvent, par de nouvelles combinaisons chimiques, être dépassées pour devenir des armes encore plus meurtrières. On finira peut-être par découvrir la composition d'une machine de guerre qui, semblable à la puissance de la foudre, pourrait simultanément faire sauter à la fois plusieurs carrés d'infanterie. Si l'ennemi ripostait de la même manière, en une heure de temps de ce carnage de l'enfer, il ne resterait plus, sur les hauteurs d'un champ de bataille, que les chefs, qui seraient contraints alors de s'entendre pour signer un traité de paix.

* *

Si tu veux de la mode amuser tes loisirs,
Elle ouvre un vaste champ à de nombreux désirs ;
La femme, qui veut plaire, à sa vogue s'incline.
Le contour onduleux d'une ample crinoline
Fait disparaître un squelette articulé,
Et sert même de poche à ce qui fut volé.

Depuis quatorze ans que les femmes maigres ont fait adopter la mode des jupes de crinoline, cette rotondité factice des parties basses, d'une tournure excentrique, fait quelquefois avec élégance ressortir la désinvolture d'une taille de guêpe ; mais elle sert aussi à cacher les vols à la tire, que des mains mignonnes savent adroitement faire disparaître de l'étalage des magasins de nouveautés. Ce qui a fait constater que plus de quarante crinolines ont été obligées de s'étaler sur les bancs de la Correctionnelle, et, ce qui d'amusant et devenu affreusement horrible, c'est que plus de cent femmes, seulement en France, ont été brûlées.

* *

De la Chine au Japon, des confins de l'Afrique,
Etends même ton bras jusques en Amérique;
La Pologne t'appelle, et veut sortir du Nord,
Car Ormuzd sur le Rhin veut être son consort.

L'acte final du traité de Vienne de 1815, peut procurer à Satan les plus horribles bibelots.

Le duché de Varsovie, une des conquêtes du premier Empire, fut détaché du royaume de Saxe pour être constitué en royaume constitutionnel, dont l'autonomie fut confiée à l'autocrate de la vieille Moscovie.

Cette organisation diplomatique ne fut pas de longue durée, car l'empereur Nicolas, aussitôt que son despotisme eut fait à sa manière régner l'ordre à Varsovie avec un machiavélisme à nul autre pareil, profita des désastres politiques de 1831 pour détruire la constitution que son frère, l'empereur Alexandre, avait donnée aux Polonais.

De sorte que langue officielle, institutions civile et religieuse, enfin tout ce qui constitue l'unité d'une nation, fut détruit ou changé, même le dernier recrutement, où 2,000 jeunes gens, presque tous domiciliés dans les villes, furent nuitamment arrêtés dans leurs lits pour être condamnés à servir pendant vingt ans comme simples soldats dans les régiments des colonies de l'Asie.

Cette inique mesure fut cause de l'insurrection actuelle, puisque cette visite domiciliaire n'était qu'une ostracisme pour faire disparaître des hommes jeunes, dont les idées libérales et religieuses opposaient un obstacle aux mesures autocratiques de la vieille Moscovie.

Les cartes sont tellement brouillées entre la Russie et la Pologne, que l'unique moyen n'est pas de rétablir la constitution de 1831, mais de réédifier les conventions de 1772 et de 1815,

pour reconstruire, dans une forme plus régulière, l'ancien
royaume des Jagellons.

* * *

Je te transmets ma pestilence
Les droits donnés à ton insuffisance :
La Pologne est un corps sanglant,
Dont trois impitoyable lances
De trois formidables puissances
N'ont fait qu'un cadavre vivant.

Le 18 mars 1863, M. Saint-Marc Girardin, en appréciant
un article du *Journal des Débats* relativement à la situation
diplomatique de la Pologne, a dit, dans un apologue plein de
vérité : « Je me souviens qu'étant juré, dans une cause de
meurtre, j'entendis l'accusé, qui d'ailleurs avouait son crime,
lorsque le président lui reprochait qu'après avoir commis le
vol, il avait inutilement dépecé le cadavre de sa victime, je
l'entendis répondre, avec un accent mêlé de remords et d'im-
patience : Mais je ne savais plus que faire du cadavre qui
m'était resté, il était toujours là, je voulais le faire disparaître. »
De même, l'Europe ne sait plus que faire de la Pologne, et
comment se débarasser du cadavre qu'elle a fait, puisque
périodiquement il donne toujours quelques signes de vie.....
Mais l'Europe est plus heureuse que l'accusé, la mort ne l'a
pas encore glacé, il a la volonté de vivre, il ne faut que lui
rendre la place qu'il occupait au milieu des vivants.

* * *

L'Europe aime encor les mœurs du moyen âge,
Fais d'une heureuse idée un utile assemblage.

Comme un ange gardien à chaque homme est donné,
D'un diable il faut aussi qu'il soit accompagné ;
Alors, sans lui donner une heure d'intervalle,
Fais danser en Pologne une ronde infernale ;

Un jeune Polonais, s'étant échappé de l'université de Berne, commandait une bande de cent faucheurs, qu'il ramenait au camp de Siérats, fut tout-à-coup surpris par mille Russes ; un contre cent, la partie n'était pas égale. Cependant les Polonais se défendirent et tinrent tête aux mille Russes d'un major aide-de-camp du général prince de Schaschoskoy, et pendant plus de trois heures eut lieu un combat acharné des Russes contre les Polonais, acculés, sans pouvoir battre en retraite, dans l'intérieur d'une ferme abandonnée de ses habitants, où les faucheurs étaient cependant parvenus à tenir leur ennemi à distance, sans pouvoir rompre les premières lignes des obstacles de leurs retranchements.

Cependant les faucheurs n'avaient perdu que onze hommes, tandis que les cadavres des Russes obstruaient les abords de cet étrange champ de bataille.

Le jeune commandant ayant remarqué un moment d'hésitation de l'ennemi, en profita de suite en ordonnant un mouvement de retraite qui se fit en bon ordre par une sortie plus faiblement gardée, car l'ennemi ne les poursuivit pas, croyant à chaque instant voir sortir de plus nombreux faucheurs des ruines protectrices de ces nobles enfants de la Pologne.

Malheureusement, vingt faucheurs, entraînés par une défense désespérée qui de chacun de ces hommes avait fait un héros, vingt de ces hommes ne répondirent pas à l'appel de leurs camarades et continuèrent à disputer, à une compagnie de grenadiers, la possession d'un hangar qu'ils avaient tour à tour perdu et repris. Mais, cernés par les Russes, criblés de blessures, la défense devint impossible. Force fut à eux de se déclarer prisonniers de guerre.

Oh ! ce fut alors pour ces tigres de la vieille Moscovie un moment d'allégresse et de joie !

Ces malheureux insurgés, vaincus et désarmés, qui eussent été pour un ennemi civilisé un sujet de commisération, devinrent le jouet d'une horrible plaisanterie.

Car le major et les officiers qui commandaient ces farouches descendants du Mogol, furent impuissants à modérer la rage de leurs sous-officiers et soldats pour empêcher que ces malheureuses victimes fussent attachées à la queue des chevaux d'une stonia de Cosaques.

Alors commença le manége d'une ronde infernale qui marquait un cercle tracé par des lambeaux de chair ensanglantés. Enfin les chevaux ne cessèrent de courir que quand la terre détrempée par le sang, pendant plus d'une demi-heure, ne leur permit plus d'aller au galop.

Un faucheur, plus mort que vif, qui était parvenu à se cacher dans la paille d'une étable, presque à moitié démolie, fut le témoin de cette sanglante hécatombe.

* * *

J'ai, de mon chapelet, égrené les tourments,
Rends, c'est possible encor, les hommes plus méchants.

Depuis 1831, les puissances de l'Occident n'ont jamais cessé de former des vœux pour le rétablissement de la nationalité de la Pologne.

Mais l'Empereur de Russie a toujours enguirlandé de stériles justifications et d'inutiles promesses. Rien de sérieux d'ailleurs ne peut être entrepris en faveur de la Pologne.

Cette malheureuse nation, enclavée par les frontières des puissances qui depuis 1772 et 1791 ont partagé ses meilleures provinces, ne peut obtenir aucune intervention des autres

puissances de l'Europe. Sa délivrance ne pourrait lui venir
que des incidents politiques qui peuvent surgir en Prusse.

La France pourrait alors, en passant par les provinces rhé-
nanes, établir une route stratégique de Berlin à Varsovie.....

*
* *

En France, maintenant, le pouvoir n'est plus double ;
Ce n'est pas fort aisé d'y pêcher en eau trouble ;
Il ne s'agit plus de profession de foi,
La volonté d'un seul donne force à la loi.

Le 26 février 1863, *le Constitutionnel*, qui passe pour être
bien renseigné, a parlé d'une réunion d'hommes considérables
qui s'était tenue chez le duc de Broglie, où l'on dit qu'une
question très controversée fut posée relativement à la presta-
tion du serment politique, dont M. Guizot discuta doctrinaire-
ment le thème de l'abstention.

M. Thiers, dont la parole incisive lui fut toujours fidèle,
répondit que la constitution ayant subi, le 16 novembre 1862,
de notables changements et qu'étant susceptible d'être amé-
liorée, on ne devait pas plus émigrer au dehors qu'au dedans.

Cette déclaration fut à peine connue, qu'un M. Boulanger,
membre du conseil général de son département, au nom des
électeurs de Valenciennes, offrit à M. Thiers d'appuyer sa
candidature à la députation de son arrondissement.

Ensuite ayant inventorié ses opinions politiques, le protecteur
dit, cependant : « Mais, avant de me joindre à ceux qui se pro-
posent de vous donner leurs suffrages, je désire obtenir quelques éclaircissements que je réclame de votre loyauté. »

Sans la volonté de M. Thiers, la réponse à cette lettre
ayant été insérée dans un des journaux de la localité : « La
lettre que je vous avais envoyée, dit M. Thiers à M. Boulanger,
n'avait d'autre but que de vous remercier de votre obligeance ;

mais votre mise en demeure ne m'engage pas d'accepter des suffrages proposés de la sorte. »

Que perdrait la France à la disparition de M. Thiers de la vie politique? Trois ou quatre beaux discours, qui n'ont, comme beaucoup d'autres discours d'orateurs aussi éminents, fait sortir que des escargots de leurs coquilles.....

.*.

Mais que se passe-t-il sur ce coin de la terre
Où je vois que deux nains attaquent un géant?
Du cimier de leur casque ils lèvent la visière,
Mais je ne vois plus rien, un nuage en passant
Les a fait submerger dans la nuit du néant.

Le corps électoral de la Fance est composé de dix millions d'électeurs. Le 31 mai et le 1er juin 1863, la liste close des comices communaux n'ont inscrit que six millions de votants, et quatre millions d'électeurs inscrits sur la liste générale se sont abstenus de voter.

Les oppositions des gouvernements déchus ont obtenu plus de deux millions de suffrages; et les candidats recommandés, moins de quatre millions de voix.

De sorte que, si quatre millions d'électeurs n'eussent pas émigrés, la majorité pouvait courir le risque d'être minorité.

Trente-cinq députés ont seulement augmenté le nombre de l'opposition des cinq députés de Paris.

Comme tous les arrondissements électoraux ont fait surgir des candidats hostiles à l'ordre actuel, le candidat recommandé justifie le pouvoir de veiller au salut de l'Empire.

.*.

Une nuit qu'Ahrimane aux enfers vint descendre,
Ami, lui dit Satan, que viens-tu donc m'apprendre?

Que le rouge ainsi que le blanc,
Du vote universel veulent percer le flanc;

L'agitation est extrême,
Quelques voix ont crié : Vive le roi, quand même !

De l'enfer tirons le canon
Et donnons fête et carillon.

Le carillon des coalitions électorales n'établit aucun point
d'appui entre les partis qui les ont fait agir; on se donne la
main la veille du scrutin, mais le lendemain de la victoire on
commence à comprendre que cette fusion n'a fait naître que
l'abdication du libre arbitre de sa volonté, quelquefois même
on voit surgir ce qu'on n'attendait pas.

Pourtant, reprit Satan, ce qui me contrarie
C'est de n'avoir pas fait sortir des bulletins
En nombre plus égal à de vieux mancquins
Qui n'avaient du pouvoir fait qu'une théorie.

*　*　*

Maître, aujourd'hui, voulez-vous oublier
Qu'en France Ormuzd se plaît à m'humilier ?
Que, lorsque j'ai l'espoir de faire un misérable,
Il lui tend aussitôt une main secourable,

Quelquefois même il se complaît
A rendre nul ce que j'ai fait.

En effet, la réponse du prince de Gortschakoff aux ministres
des trois puissances alliées caractérise une fin de non-recevoir
parfaitement enguirlandée.

Ce tohu-bohu de la puissance mogole est clôturé par le

mémorandum du 10 septembre 1863, qui dit textuellement qu'en 1814 l'empereur Alexandre Ier a fait sur le royaume de Saxe la conquête du duché de Varsovie.

Ainsi la Russie a dit son dernier mot et ne laisse aux trois puissances d'autre alternative que de se taire ou d'agir ; qu'elle ne veut des interventions qu'en échange d'idées amiables, et qu'elle ne prétend pas plus dicter la loi qu'elle n'entend la subir. Le droit de conquête ne donne cependant pas le droit d'extermination.

Ainsi, n'accordant pas d'amnistie avant la pacification du pays, Mourawieff et ses acolytes auront le droit de pendre et de fusiller, de brûler les villages et de faire passer la charrue sur des blés ensanglantés, en peuplant la Sibérie de Polonais et en repeuplant la Pologne de Kalmoucks des provinces caucasiennes.

Le printemps prochain, la guerre ne sera plus possible dans toutes les provinces de la Pologne, les chants religieux auront cessé, et la nationalité de la Pologne ne sera plus qu'un souvenir.

Quand seront dépeuplés les murs de Varsovie,
Que la Pologne ne sera plus qu'un désert,
Les alliés agiront avec moins de concert ;
Les six points acceptés ne sont qu'une ironie,
L'hiver leur donnera sa dernière agonie.

* * *

Dans le ciel, on va deviner
Les effets des plus moindres causes ;
Le gaz encor pourra donner
La vérité de bien des choses.

Mais, dit un balloniste, on doit croire à cela
Le champ de l'air est libre, on passera par là ;
Avant moi, Gulliver eut l'heureuse fortune,
Sans l'appui d'un ballon, de monter sur la lune.

Au Champ-de-Mars, le 23 octobre 1863, à quatre heures
du soir, aux cris joyeux de quatre cent mille spectateurs, le
ballon géant, construit par M. Nadar, s'éleva dans les plaines
de l'air.

De leur côté, les voyageurs du Géant, lorsqu'ils passaient
sur les villages, sonnaient les cloches du ballon avec accom-
pagnement des fanfares du cor de chasse.

D'Erquelines, le Géant se dirigea d'abord sur les plaines de
la Belgique, mais un fort courant venu de la Manche le poussa
presque aussitôt du côté des marais de la Hollande.

Il était alors une heure du matin. Comme le Géant côtoyait
de très près le Zuyderzée, le ballon s'éleva sur les plaines de
Hanovre ; mais le vent ayant subitement tourné au nord-ouest,
il porta le Géant dans la direction du voisinage de la mer.
Pour s'éloigner de ce danger, on essaya de faire une descente,
car le vent était devenu d'une violence extrême.

On ouvrit aussitôt la soupape ; à cet instant, le ballon ayant
traversé les nuages, il s'était élevé à 450 mètres de hauteur
et filait 60 lieues à l'heure.

Trop de gaz s'étant échappé du ballon, aux premières lueurs
de l'aurore, à la petite ville de Nienbourg, on résolut de s'arrêter ; mais rien ne pouvait modérer la course du Géant.

Alors commença la phase d'une lutte terrible ; comme le
vent était toujours resté du côté de la mer, on ouvrit encore
la soupape, dans l'espoir d'arrêter la marche impétueuse du
ballon et de faire filer les ancres de sauvetage pour lui faire
suivre une ligne horizontale.

Mais à chaque instant la marche du Géant devenait plus effrayante.

La première ancre, arrêtée par un arbre, le déracina, et les cordes des deux autres ancres se rompirent sur la toiture d'une maison et même brisèrent trois poteaux télégraphiques du chemin de fer de Hanovre.

Enfin la course du Géant devint si précipitée, que les hommes et les bestiaux fuyaient à son approche.

Alors M. Louis Godard, au risque de sa vie, monta sur le cercle du ballon, saisit la corde de la soupape et l'attacha solidement à la nacelle.

C'était temps d'avoir agi de la sorte, puisque aussitôt un choc terrible fit culbuter la nacelle; alors M. Jules Godard en ayant pu sortir, ainsi que deux autres voyageurs, ils ne parvinrent pas à eux trois de fixer à un arbre la corde d'attache d'arrêt du Géant, qui continua sa course furieuse, brisant tous les obstacles qui s'opposaient à son passage. Alors le ballon ne fit plus que labourer le sol sur une étendue de plusieurs lieues.

Enfin s'étant de trop près approché d'une forêt, une secousse plus violente que les précédentes en fit brusquement sortir M. Nadar et les autres voyageurs.

Mme Nadar resta seule au fond de la nacelle; à l'instant même, contre deux gros arbres, le Géant s'ouvrit, se brisa et s'abbatit lourdement sur cette courageuse femme.

(Extrait d'articles de journaux étrangers et français, du 14 et du 20 octobre 1863.)

––

TABLE DES ARTICLES

DES ÉPHÉMÉRIDES DE 1863.

Le Club des Clubs de 1848 1

Précis du discours chronologique de Satan 2

Les diables de l'Europe exilés en Asie 3

Ahrimane, principe du mal, premier ministre de Satan . . . 4

Enguirlander, proverbe russe. 5

Tolérance religieuse de 1863 6

Exposition de chiens au jardin d'acclimatation, le 17 mars 1863 . 7

Armes de précision 8

Les Crinolines 9

Les six points des remontrances de trois puissants alliés . . . 10

Apologue de M. Saint-Marc Girardin. 11

La ronde infernale 12

Le martyre de la Pologne 13

Conversations oiseuses de deux illustres citoyens. 14

Corps électoral de l'Empire français. 15

Le carillon des coalitions électorales 16

Mémorandum du prince Gortschakoff du 10 septembre 1863 . . 16

Le ballon Géant 18

Moulins. — Imp. de FUDEZ frères.